버리기 전에 잃어버리는

구현우

버리기 전에 잃어버리는

구현우

PIN

050

차례

PIN
050

버리기 전에 잃어버리는

구현우

시

저는 잘 지내고 있습니다

첫마디를 어떻게 꺼내야 좋을까요 지난주엔 제 영혼의 반쪽 같은 친구의 생일 파티가 있었습니다 저보다 영혼이 많은 친구를 배려해 가지 않았습니다

저는 나름 잘 지내고 있습니다

뜨겁고 캄캄한 아메리카노를 베이지색 코트 소매에 살짝 쏟았습니다 얼룩이야 남겠지만 그 정도로 그쳐서 다행입니다

저는 평소처럼 잘 지내고 있습니다

23일에는 질서정연하게 도로에 세워져 있는 자전거들이 눈에 들어왔습니다 서로가 서로에게 기대지 않아도 흔들림이 없었습니다

지상에는

하늘의 별들 대신 너무 많은 빨간불들이 수놓아져 있습니다

잃어버렸던 펜 뚜껑을 찾았습니다 실내 슬리퍼 안쪽에 있더군요 이미 오래전에 펜은 버렸습니다만 펜 뚜껑은 남겨두기로 했습니다
어떤
쓸모는 딱히 없더라도요

사회인들이 한창 바쁠 오후 두 시에 잠에서 깨곤 합니다 정신을 차린다는 뜻은 아닙니다 이불은 계속 덮은 채고요 오늘의 날씨를 검색합니다 눈이 오나 비가 오나 약속이 없어서 그런 건 상관이 없는데
저는 당신이 걱정한 것보다는 잘 지내고 있습니다

고레에다 히로카즈의 영화『괴물』을 보았습니다
당신이 생각하는 괴물은 나오지 않고 비극이 아니
라면 비극이 아니지만 다른 제목이 붙을 수는 없다
고
　거장의 피아노 소리가 네버엔딩인 크레디트 내내
　실감했습니다

　혼자서 밥을 먹고 혼자서 약을 먹어야 하는데 제
때 그러지 못했습니다 그럼에도 더 고통스럽지는
않은 걸 보니
　저는 잘 지내고 있습니다

　가을에는 로또를 샀고 늘 그랬듯 당첨 번호를 확인
하지 않았습니다 인생의 변곡점은 지금이 아닙니다

저는 사무치도록 잘 지내고 있습니다

유통기한이 꽤 지난 주스를 마시고 앉아 슬픔 비슷한 것을 기다리는 중입니다 죽음에 이르진 못해도 죽음에 가까워지진 않았을까요 저는 매번 단순하고 어렵게
달력의 다음 장을 넘기곤 합니다

없는 고양이가 털을 날리고 없는 고양이가 선반을 무너뜨립니다 없는 고양이가 저를 부르는 소리가 들립니다
네
저는 없는 고양이와 함께 잘 지내고 있습니다

노크 소리를 들으며 바닥에 눌어붙은 인류애 같은

것을 문지르다 보면

　미약하게나마 시간이 가고

　저는 변함없이 잘 지내고 있습니다

야광운夜光雲

그런 거 아니에요. 그런 거 아니야. 너는 왜 이 늦은 밤 공원 벤치에 앉아 빛나는 창을 보고 있을까. 나는 괜찮냐고 물었는데 너는 그런 게 아니라고 한다. 불 켜진 방 하나. 잠들지 못하는 걸까. 불을 켠 채 잠든 건지도 모르죠. 어쩌면 영영. 내 방에도 불을 켜두고 나왔다는 건 말하지 않겠다. 쉼표 같은 너의 입김이 흩어진다. 밤의 배경으로. 파티가 끝나고 각자 집으로 돌아가듯이.

별이 파괴되고 빛으로 남아 공전하다가

우리는 불투명한 문 앞에 서 있다

문 앞에서
나는 출구라고 했다

이곳은 고풍스럽고 이곳은 관람하기에 더할 나
위 없이 훌륭한 장소지만

사람이 살 곳은
아닌 것 같다

문 앞에서
너는 입구라고 했다

그럼 우리가 지금껏 겪어왔던 시간은 프롤로그

에 불과하다는 말인가

　이후가 있다고 해도
　문 너머에 아름다운 미래가 기다리고 있다고 해
도

　가야 할까

　좋든 나쁘든

　꿈꾸지 말았으면
　꿈 같은 건 꿈도 꾸지 말았으면

　한다

손잡이를 돌리고
너의 등을 미는 만큼의 힘으로 문을 연다

우리는 항상 잡고 있던 손을 놓은 채로 그러나
나란히 문턱을 넘는다

리을

벽화마을을 일인一人이 배회하는데
무슨 사연은 없다

영혼을 잃은 월요일도
친밀했던 이의 기일도
아니고

집에 돌아갈 기분이 아닐 따름이다

일인一人은 독백한다
영원히 죽지 않는 잉어가 그려진 계단에서
내려가야 한다……

오선지 같은 전선에 찢어지는 새털구름
새는 보이지 않고 새소리는 들린다

사람이 사는 마을에서

일인―ㅅ은

사람다운 사람을 본 적이 없다

사람을 본 적은 있다

사람 같지 않다고 느꼈을 뿐

담의 끝에서 잘린 그림이 다음 담의 처음과 연결

되어 있다

일인―ㅅ은 독백한다

태어날 때부터

혼자는 아니었는데

벽화마을은 다방면으로 열려 있고 그러므로 출

구는 따로 없다

　지금이 아니야 지금은 아니야

　일인一人은

　자신만의 힘으로는 지나가기 어려운 골목을 지
나간다

얼그레이 그리고 둘 이상의 이야기

낯빛이 어두워지는 너와 식을 줄 모르는 얼그레이 전등의 빛이 우리를 감싸고 있다

도시의 저녁은 한 폭의 유화처럼 몽환적이다 가끔 보편적인 감상만이 최선일 때가 있다 나의 사랑은 일회성이다

얼그레이는 조금씩 진해진다 연한 노을빛에서 한달음에 짙어지는 밤하늘 같다

대각선으로 앉아 너는 너의 친구와 메시지를 주고받고 있다 얼그레이에서 한창 김이 난다 보통 일하는 시간인데도 졸음이 쏟아진다

올해가 가기 전에는 보기로 했으니까

오늘 저녁은 내가 너와 함께 있는다 티백을 아직
도 꺼내지 않고 휘휘 젓는다 너의 기쁨에 맞장구치
고 너의 슬픔에 동조하고

그러면 좋겠지만

얼그레이의 흔들림에 먼저 마음이 간다 추운 날
씨에 쏟아지는 입김의 모양 같은 거 말이 되다 마는
거 그런 게 우리에게는 있다

꼭 무슨 사연이 있어야 만나는 사이는 아니니까

이렇게도 볼 수 있는 거지
얼그레이에는 여전히 따뜻함이 있고

저녁이 식어간다

해가 바뀌면 또 만나 그래 봐야
12월의 약속은
12개월 후에 12월이 되어야 지켜질 텐데

지켜지지 못해도 그러려니 하겠지

너는 여전하지만 나는 너와 있는 내가 많이 어렵
다 이야기 꺼내는 법이 어렵고 친구들과 어울리는
게 어렵고 우리가 같은 세대라서 어렵다

뜨거운 물을 붓고 다시 티백을 넣으면
리필이 되는가봐

미아사거리에서 우리는 쉽게 시간을 낭비하고
있다 전등의 빛이 우리를 감싸안고 있다

얼그레이야 얼마든지 구할 수 있고
유명하고
남이 시키는 건 자주 봤지만
직접 얼그레이를 마셔보기는 처음이야

건강해지지는 않아도
당장 더 나빠지지는 않는 기분

그런 기분이야

무기록

　너는 악필이다. 너는 유서를 쓰고 있다. 당장 매듭지어야 할 게 있다는 마음으로. 종종 네가 써놓고도 읽어내지 못하는 단어와 문맥이 있다. 교육은 너의 자세를 교정하려다 실패한 역사다. 제 손이 제 뜻대로 가지 않는 게 물의 성질을 닮았다고 너는 생각한다. 흐르는. 움직이는. 휘발하는. 차가운. 쥘 수 없는. 뜨거운. 무관심하지는 않은. 부드러운. 낙하하는. 너는 너를 두고 남겨지게 될 지인들을 떠올리며 쓴다. 꾹꾹 눌러도 우스꽝스러운 글씨에는 너의 미안함이 좀처럼 담기지 않는다. 끝끝내 미안하지만은 않아서 한편 진심은 너의 서체에 가까울 수도 있다. 너는 양손잡이다. 왼손은 띄어쓰기를 일정한 간격으로 한다. 오른손은 글씨 크기를 너무 크거나 작지 않게 유지한다. 너는 슬픈 일은 오른손으로 힘든 일은 왼손으로 쓴다. 슬픈 일이 힘에 겨운 일이 되면 양손을 번갈아 말줄임표를 찍는다. 마지막을 염두에 두지 않았음에도 너는 유서를 완성한다. 한 페이지를 가득 메운다. 다 쓴 유서를 읽어본다. 읽으려 하나 해독되지 못한다. 너의 손이 이해한 바를 너의 눈은 받아들이기 어렵다. 너의 유서를 너는 읽지 못한다. 타인의 과장 같다고 느낀다. 이대로는 구전되는 편이 차라리 나을 것이다. 발견된다면 유서가 있었다는 사실만 남을 것이다. 너의 유서가 네 것이라고 인정받기는 꽤 어려울 것이다. 너의 유서가 유서라고 인정받기는 더 어려울 것이다. 의외로 너의 사랑은 간결하다. 너의 유서를 네가 읽지 못하는 게 필체 탓인지 흐려진 내용 때문인지 모른다. 너는 너의 마지막에 대해 아주 큰 오해를 하고 있다.

청계

여긴 오래된 상점이 많은 거리야 분위기를 봐 레트로한 느낌이

느껴지지 않니 바람도 선선히 불고 이런 목요일 오후 2시에는

혼자 산책하거나 데이트하기 좋지 저기 유리앵무가 보이니 살 수

있는 거야 여기는 생물이 사는 거리니까 저기는 한번 들어가보자

고서점에 우리보다 어린 책이 얼마나 있을지 궁금해 읽지 못하더라도

기념으로 하나 사자 묘한 소독 냄새가 나 그게 좀 좋은 거 같아

　이르긴 하지만 배고프니까 저녁을 먹자 3시가 안 됐으니까 늦은 점심에 가깝다고 해도

　이른 저녁이라고 하자 추어탕을 먹자 징그러운 미꾸라지도 곱게 갈면 추어 같지 않아서

　거부감은 없을 거야 먹고 이따가 더 둘러보고픈 신기한 상점이 참 많은데

　직장인이 퇴근하는 시간이면 문을 닫는대

　이 길로 가자 저 끝은 외국인이 많은 한국의 거리야

저 거리로 가면

낮부터 야경이 펼쳐질 거야

일요일 다음의 일요일

백련사 약수골에서 우리는 백숙을 먹는다 말복
이므로

일요일 점심 국물에 기름이 뜬 닭을 건져 먹는
것이다 우리는 굶주렸으므로

여름의 냄새를 닭의 냄새로 이해하고

풀과 나무가 우거진 경치를 조금은 보기도 한다

닭 한 마리를 우리는 나눠 먹으며

속내를 보이지는 않는다

여름의 소리를 매미의 소리로 학습했고

한 사람 몫이라는 게

우리에게도 평등하지 않으니

우리는 적당한 선에서 타협하고야 만다

닭 한 마리보다 불어난 닭죽을 덜어 먹으며

날아드는 벌에 기겁을 한다

다음 일요일 다음의 일요일에도

우리는 굶주릴 것이므로

뼈 외에는 다른 작은 흔적도 남기지 않기로 한다

백이면 백 실패할 거라고

서울에 집을 사겠다는 것도 아니고 맨발로 전국 일주를 하겠다는 것도 아니고 정치를 한다는 소리도 아니고 언제까지 물만 마시고 버틴다는 오기도 아니고 서재에 꽂힌 책을 다 읽겠다는 것도 아니고 불의 발견 이전으로 돌아갈 수 있다는 얘기도 아니고 해안가에 별장을 짓겠다는 것도 아니고 묵언으로 수행하겠다는 것도 아니고 삼시세끼 쌀밥만 먹겠다는 것도 아니고 심해생물과 언어적 교감을 하겠다는 것도 아니고 옷을 그만 살 거라는 말도 아니고 가족과 연을 끊겠다는 것도 아니고 이십 대 삼십 대 아니면 사십 대 오십 대에 성공하겠다는 것도 아니고 성공에 대해 구체적으로 말한 것도 아니고 수백 광년 떨어진 행성에 가겠다는 것도 아니고 편식을 고치겠다는 것도 아니고

방에 들어온 모기를 잡겠다는 것인데

백이면 백 그것만큼은 실패할 거라고

모종의 삽

삽질을 합니다. 여기는 모래로 가득한 그라운드. 모래를 뒤집고 파헤쳐서 기어코 바닥을 보고야 말 것입니다. 네가 묻어두었다는 비밀이나 인류의 역사 따위도 만천하에 드러나게 될 겁니다. 잠잘 시간도 아깝습니다.

비가 온 뒤의 그라운드는 제법 무르지 않습니다. 파고들 틈이 부족합니다. 그러니 너의 도피처가 될 수 있었을 것입니다. 어디까지 모래로 채워져 있는지 궁금합니다. 나는 너를 동정하고는 있습니다.

삽질은 계속됩니다. 나의 삽질은 생산성이 없습니다. 나의 삽질은 시간 낭비입니다. 모래를 걷어내면 모래가 나옵니다. 비둘기의 사체나 너의 비밀 같은 건 이 자리에 묻혀 있는 게 아닐지도 모릅니다.

그래도 상관없습니다. 그럴 수도 있다고 예상했습니다.

　나는 너를 견디지 못했습니다. 왜지. 생각을 합니다. 너의 가족사를 공감했지만 거기까지였습니다. 다른 생각을 합니다.

　그러는 동안 어느 정도의 구덩이가 형성되어 있습니다. 이 구덩이는 뭐가 될 수 있을까요. 함정 말고는 아무것도 될 수 없습니다. 여기까지 아무도 올 리 없으니 함정에 빠질 사람은 나밖에 없습니다.

　함정 속에서 삽질을 멈추지 않습니다. 플라스틱 건담 조각과 아폴로 빨대가 나옵니다. 그라운드에는 모래 말고도 있기는 하지만 전체에서 아주 작은 부분입니다.

　너를 떠났으므로 내가 버려지는 것은 어쩔 수가
없는 일입니다.

지난 시대의 픽션

여름인데 여름에 맞지 않는 옷을 입고 있다
꿈이라 가능하다고 생각했다

장대비가 땅에서 하늘로 솟구친다
꿈이라 가능하다고 생각했다

깨진 거울에 비친 얼굴이 복구되고 있다
꿈이라 가능하다고 생각했다

매일 출근하던 길에서 쓰러진 노인을 본다
꿈이라 가능하다고 생각했다

죽어가는 노인이 나를 본다
꿈이라 가능하다고 생각했다

교인도 없이 웅장한 성가가 울려 퍼지는 오래된
교회는 여전히 지어지고 있다
꿈이라 가능하다고 생각했다

여기까지가 꿈에서 본 장면이다
꿈이라 가능하다고 생각했다

꿈이라 가능하다고 생각했고
만에 하나

꿈이 아니라고 한다면
이미 나는 늙어버렸는지도 모른다

무의식적으로

밤마다 유령이 수돗물을 튼다
나의 유령인가
너의 유령인가

한 번 잠에서 깨고 나면
눈 뜬 채로 밤을 보내게 된다

물소리가 끊이지 않는다
물소리를 의식하지 않으려고
물소리 외의
소리를 하나하나 의식한다

주방 아니면 화장실
화장실 아니면 주방 아니면

이 방에 유령이 있을 것이다

나쁜 꿈을 꾸고 있던 것은 사실이지만
너에 대한 꿈은 아니었고

일어나서도
머리가 좀처럼 맑아지지 않는다

블라인드로 인해 어둠이 누적된다

물소리가 끊이지 않는다
물소리가 멈추는 상상을 하니 소름이 돋는다

네가 나오는 꿈은 모두 나쁜 꿈이지만
네가 나오지 않는다고 해서

좋은 꿈이 되지도 않는다

어둠을 끄면 다음 어둠

꿈꾸지 말아야 하는데 꿈 같은 건 꿈도 꾸지 말
아야 하는데

다짐해도 안 된다

자꾸
네가 없이도
무의식적으로
한숨을 쉰다

조제

약국의 문이 열린다 문 앞에는 아무도 없다

당신은 기침을 한다
옆에 앉은 인물은 기침을 한다
등받이가 없는 긴 의자에 당신과 당신을 보호하
려는 자와 인물들이 나쁜 자세로 앉아 있다
각자에게 약이 될 만한 게 있을 것이고
가족은 희망이 없고
당신을 보호하는 자는

당신뿐이다 약국의 문이 열린다 두 인물이 나간
다

웃지 않는 인물은 약봉투를 받는다 뜻밖의 인물
은 기침을 한다 당신은 약봉투를 받는다 당신은 기

침을 한다

　당신은 증세를 잊고 해열제를 집는다

　캡슐은

　침대가 있고 책상이 있고 쓰지 않은 연필이 있고
새것인 펜은 없고 여름과 가을엔 춥지 않은데 춥고
겨울과 봄엔 덥지 않은데 덥고 침대 아래를 쓸면 나
오는 영수증이 있고 전화를 걸 데는 많고 통화를 할
상대는 없고 당신이 있든 없든 나름대로 유효한 집
하나, 한집에 사는

　가족들 같다

　1회에 한 알
　하루에 세 번 아침 점심 저녁
　그리고 다시 올 것

문이 열린다

당신이 약국 밖으로 들어간다

여의도

　강을 오래 보면 우울해진다는데, 그렇다고 강을
안 본다고 뭐가 달라지겠어요

머리로는 이해하는 말

나사 하나가 빠진 것 같다고 합니다 네가 그렇듯 나도 그렇습니다

작지만 큰 결함을 지닌 나에게 너의 부품을 줄 수 있다고 합니다 도움이 될 거라고 말합니다 그게 사실입니까 내가 보기엔 그대 하나의 희생으로 끝나지 않습니다

그렇습니다 사람을 고쳐 쓰기 위해서는 적어도 세 번은 분해하고 감정의 가짓수만큼 재조립해야 하는 것입니다

당신은 누구의 동정으로 이루어져 있습니까

생각에 생각을 이어 나갈 수 있으니 머리에서 빠

지진 않은 것 같습니다 대화를 해봅시다 우리와 걸을 때마다 달그락

　거립니다 네가 그렇듯 나도 그렇습니다

　음과 식의 향연 속에서 먹거나 먹지 않아도 쓴맛을 봅니다

　전문가의 소견으로는 나의 언어 외에 오류를 찾을 수 없다고 합니다 멀쩡한 사람이 그러면 안 된다고 합니다 압니다 그는 나보다 나의 내부를 잘 압니다 굵은 안경알

　너머로 나를 잘 봅니다

　앓던 이가 빠집니다 좋지 않은 날이 좋은 일로 채워졌는데 왜 허전합니까 우리는 어디가 모자람을

느낍니다

　처음과 같은 기분을 다시는 맛볼 수 없을 겁니다
당신에게 나는 물론 역부족입니다 너는 너와도 안
맞는 편입니다

　활동이라는 것을 그래도 하고 있습니다

　슬픔이 없는 기계를 통해 들여다봐도 나의 몸은
견적이 나오지 않습니다

보통 문장의 따뜻함

따뜻한 문장 하나로 겨울을 버텼다. 북카페에서 만난 한 권의 책에 들어 있던 한 문장이었다. 표지도 저자도 장르도 떠오르지 않는 책이었다. 펼치기도 미안할 정도로 실내와 어울리는 책이었다. 따뜻한 문장을 제외하면 별 볼 일 없는 책이었다. 따뜻한 문장과 같은 문장은 무수히 많은 다른 책에서도 발견할 수 있었다. 쉽고 간결하고 흔했으나 같은 문장이라도 따뜻한 문장은 아니었다. 그 책에서, 그 책의 어느 페이지에서만 따뜻한 문장은 따뜻하게 있었다.

페퍼민트 차에서 김이 피어올랐다. 이번 겨울이 다 지나기도 전에 다음 겨울이 왔다. 따뜻한 문장은 풀리지 않고 내내 좋았다. 이상한 온도였다. 입에 올리거나 귀에 얹으면 이내 미지근해지곤 했다. 눈

속에서나, 따뜻한 문장이었다. 보는 게 아니고 보았던 것. 당장 여기에 따뜻한 문장은 없지만 떠난 뒤에도 안을 지켜주는 따뜻함이 있었다.

차가운 물에서도 얼음이 녹았다. 거짓말처럼. 멈춘 시계에서도 시간이 흘렀다. 거짓이 아니라는 거짓말처럼. 따뜻한 문장은 "그"와 "너"를 받아주지 않았다. 따뜻한 문장은 "나"에게도 따뜻하지 않았다. 거기에 따뜻함이 있었다. 따뜻한 문장은 과거에나 있었다. 따뜻함은 진행되지 않는다. 문장은 바뀌지 않는다. 따뜻함은 있었던 것으로 기억된다. 따뜻함은 정확한 기억으로는 남지 않는다.

레코드판이 돌아간다. 끓어오르지도 식어버리지도 않으면서. 손금을 따라 흐르는 한 문장. 여름의

자정이었다.

도시산책자는 본다

밤 도시산책자에게 친절한 대상의 목록; 깜빡이지 않는 가로등. 서울시 공중화장실. 불광천 징검다리. 여의도공원 벤치. 옷가게 쇼윈도. 편의점 차양.

점심을 둘이 너무 많이 먹어서 저녁은 걸렀어요.
속은 헛헛한데 안은 더부룩해서요.

난지 한강공원까지는 갔다 와야 할 것 같아요.
만 보는 걸어야지요.

최소한 살려고 움직인다는 말
요즘엔 그게 그렇게 공감이 돼요.

척추관절병원의 간판은 멀리서도 밝게 빛나서,
방향을 가늠하는 데에 도움을 줘요. 저 방향으로 직

진하면 연신내가 나와요.

　소화가 되려면 멀었어요.

　밀가루를 먹어서인지 빨리 삼켜서인지 모르겠는데 뭐가 얹혔나 봐요. 둘이 밥을 먹은 게 오랜만이라 속도를 맞추는 일이 어려웠던 모양이에요.

　버거웠든지, 아무튼.

　풀벌레 소리는 들을 만해요. 눈에 보인다면 그건 못 참겠지만요. 아마 오늘 부재중 전화가 5통쯤 와 있었지요.

　그건…… 미안한 마음이에요.

　하천을 그대로 따라가니 멍도 좀 때리고 단순해지고 좋아요. 자정 전과 후를 나눌 수도 없고요. 잘

사는 게 뭔지도 모르겠어요. 왜 매일 걷냐는 질문도 이상해요.

　잘 못 살아도 사는 거죠.

　걷는 건 그냥 걷는 거예요.

　심야에도 식당엔 불이 켜져 있군요. 영업은 하지 않아요. 손님을 받는다고 해도…… 나 같은 애한테 줄 밥은 없겠지요.

　한강공원에 사람이 많을까요. 이런 날에도 사람이 있긴 할까요.

　배가 조금은 꺼진 느낌이에요.

　뭘 먹으려면 먹을 순 있을 거 같아요.

간간이 사람이 보이네요. 뛰는 사람. 청소하는 사람. 자전거를 타는 사람. 통화하는 사람. 라면이 익기를 기다리는 사람. 층계참에 앉은 사람. 걷는 사람.

나 같은 애 같은 마음일까요.

이 시간에, 그렇죠.

다시 배를 채우면 좀 그렇겠죠. 편의점이 여기서 가장 밝으니까 잠깐 들러서 보기만 할 거예요. 그냥. 뭐가 있는지요.

당신 손자의 나무

정원사는 은행나무를 바라본다. 충분히 컸지만 자랄 데가 남았다는 듯 갈피 없이 가지를 뻗어가는 은행나무는 고고하다.

당신 손자의 나무는 한 세대가 더 지나야 결실을 맺을 것이다.

그림 같은 풍경에 정원사는 별로 관심이 없다. 당신이 맡긴 일을 수행할 따름이다. 그림 같은 풍경의 일부보다는

그림보다 오래 살아남는 나무가 되길 바랄 뿐이다.

새의 발을 닮은 여러 그늘을 잘라내고 정원사는 당신 손자의 나무에 사람 이름을 붙여본다.

헤어진 이

헤어져서 만나지 못할 이의 이름이다.

성인보다 훨씬 키가 큰 나무라 정원사가 자꾸 고개를 숙이는 자세가 된다. 당산목堂山木 앞에 예를 올리는 일과 같이 경건해지곤 한다. 병이 낫게 해달라고 당신 손자의 나무에 대고 읊조리는 것이다.

당신은 정원의 일을 모르고

결말을 보지 못한 채 눈을 감을 날이 다가온다 느끼고 있다.

당신의 후회는 미운 자들을 악수하고 보내줬다는 것. 그리하여 그들이 당신을 수더분한 인물로 인식

한다는 것.

　별로 그렇게 대단한 마음으로 당신은 나무를 심
지 않았다.

　구름이 지나가는 동안 정원사는 나무 그늘 품에
서 나무와 함께 배경이 되어간다.

　아직 태어나지 않은 당신의 손자가
　당신 손자의 나무를 등지고 당신을 향해 뒷걸음
으로 걸어오고 있다.

어느 한 바닷가 마을로부터

아래에서 두 번째 서랍에 종이호랑이가 머무르고 있다. 아무것도 접지 않은 네모난 학종이들 숲에.

우리가 소년이었던 소녀였던 시절
들고 자랐던 이야기

종이호랑이는 가끔 혼자서 걸어 나온다. 그러곤 바닥에 눕는다. 중심을 잡기엔 너무 늙었고, 힘이 없다.
선풍기 바람에 등을 떠밀리다
겨우 도달한
문턱조차도 넘지 못한다.

나의 과거엔

모서리가 접혀 있고

그리하여 좋았던 때를 떠올리려 해도
그건 그저
겨울의 냄새 같은 것

어느 새벽에는 울음소리가 유독 잘 들린다. 동물
일까. 아이일까. 동물의 아이일까. 동물도 아이도
동물의 아이도 아닌
다른 무엇의 울음일까.

종이호랑이는 버리기 전에 잃어버리는 것
서랍을 비우기도 전에
이사를 하기도 전에

매일 한쪽만 검어진
이면지가 쌓여간다.

자라서도 어른이 되지 못한 나는

　잠에서 깨고 말았습니다 생각 하나가 나를 불쑥 일으켰습니다 유리창은 까만 화면처럼 펼쳐져 있습니다 왜 그랬을까 어제의 일이 갑자기 찾아옵니다 그 얘기를 꼭 해야만 했을까 십 년 전의 일이 어제의 일처럼 떠오릅니다 유리창에는 한 편의 드라마도 상영되지 않습니다 그럼에도 오래된 어떤 연속극처럼 보입니다 이 시간에도 소음이 있군요 소리는 끊이지 않는군요 다시 자야만 합니다 나는 하루를 더 망치고 싶지 않습니다 나의 잠이 귫힙니다 나의 잠이 내게 오지 않습니다 당신에게 무슨 말을 했는지는 까맣게 잊었습니다 그 말을 들은 당신의 표정이 생각날 뿐입니다 미안하다고 해야지 미안하다고 속으로 사과합니다 유리창을 보며 보이지 않는 것을 감상합니다 입이 열 개라도 할 말이 없겠지만 겨울이라고밖에 설명할 길이 없습니다

별리

민트가 남아 있는
거실에서

화면을 바라보고 있다

암막 커튼을 닫고
찻잔을 감싸 쥔 채로
초가을을 유예하는 채로
화면 속의 장면을 바라보고 있다

저수지도 없고 개도 없는 저수지의 개들이 끝나
가는 동안 손톱이 자라는 동안 잠결에 들은 말을 곱
씹는 동안 찻잔 손잡이가 미지근해지는 동안
　　보이지 않는 오늘의 날씨가 맑음으로 유지되고
있다

민트가 조금 남아 있는 거실에서

그가 없음을 실감하면서

그가 두고 간

　모래시계를 본다 모래시계에서 떨어지는 모래를 본다 뒤집어서 다시 떨어지는 모래를 본다 일분일 초가 지나도 한나절이 지나도 일정한 속도로 떨어 지는 모래를 본다 성이 될 수도 있는 모래를 본다 보다 보면 다른 세계의 물질 같은 모래를 본다 머리 를 숨기기에 나쁘지 않은 모래를 본다 모래를 부수 는 모래를 본다 모래를 안는 모래를 본다 모래를 미 워하는 모래를 본다 모래에 묻힌 모래를 덮는 모래 를 본다

뭘 하지 않아도
늙어가는 것을 실감하면서

거실에 있다
민트가 아주 조금 남아 있는 거실에서
이런 한때를 보내는 게 나쁘지 않다

민트가 아주 조금 남아 있는 거실에서
민트가 거의 남아 있지 않은 거실이 될 때까지

시간이 흐르고 있다

날짜가 유의미해지고 있다

그러나 아무도 모르게

열두 시는 지나고

어느 날 코를 킁킁거리며
무슨 냄새가 나는데 이게 무슨 냄새지
중얼거리고 마는 것이다

무성

신은 좋은 마음과 좋은 몸 중에 하나를 고르라고
했습니다.
나는,
좋은 마음이 깃든 좋은 몸을 원했습니다.

신은 고개를 저었습니다.
다만,
좋지 않은 마음을 담은 좋은 몸은 줄 수 있다고
말했습니다.

괜찮습니다.
네 번의 전생이 그러했습니다.

신은 그러나 나쁜 마음을 품고 있지는 않은 얼굴
입니다.

신에게도 표정이 있고
마음이 있다면요.

타인이 빌었던 소원은 무엇입니까?

나와 가까운 타인 말입니다.

신은 그가 좋은 몸을 바랐고 일평생 병에 걸리지
않았으나
수시로
자해했다고 합니다.

그것은 몸의 문제입니까, 마음의 문제입니까?

신은 몸도 마음도 아닌 그의 문제라고 합니다.

신은,
나쁘지 않은 마음은 줄 수 있다고 했습니다.

괜찮습니다.
바로 직전의 생이 그러했습니다.

나는 신을 믿지 않아서 이후로는 볼 수 없었습니다.

병실에는 나와 다시 가까워진 그가 있습니다.

신을 만나고 온 나를 간호하는
그가
좋은 마음으로 뱉은 좋은 말이

아무래도 좋게 들리지가 않습니다.

레코드가 돌아가는 동안

축음기에 얹을 레코드를 고르는 동안
내리던 눈이 제법 쌓인 것이 느껴졌습니다

레코드에 바늘을 올리는 짧은
사이
눈 위에 눈이 쌓이듯 빈 수술실처럼 고요한 그날
의 포옹을 떠올렸습니다

축음기에 묻은 먼지를 만지는 동안
입김 안에는 빈칸이 늘기만 해서 연필의 수명으
로는 한참 부족할 것임을 직감했습니다

레코드가 돌아가는 동안
아무도 아닌 그림자가 곁에서 어깨를 들썩이고
있었습니다

축음기 바깥에서 먼지 같은 것들이 진동하는 동안
차 한 잔의 시간은 누구에게나 적당히 주어지지
못했음을 깨달았습니다

사계절이 돌아오는 동안
나에게는 내가
나에게는 당신이
당신에게는 우리가
오지 않았습니다

오지 않아도 됩니다

회색머리멧새가 기도하는 손안에서 부화해 버둥
거리고 있습니다

마취제 같은 밤이 이곳을 둘러쌉니다

레코드가 돌아가는 동안
레코드가 돌아가는 동안

실내는 하얗고
자정을 지나 회전의자가 연주되는 동안

백야

눈 쌓인 거리에는 주소가 없다. 여기는 수신이 불가한 도시. 나에게는 이야기가 있고, 나의 이야기는 초겨울로부터

한겨울까지 이어진다. 없는 네가 나와 나란히 걷는다. 없는 너의 발자국은 선명하고 정작 나의 발밑에는 무게가 없다.

하얀 풍경을 보면 머릿속이 하얗게 된다. 너는 무슨 마음이었을까.

해가 바뀌는 줄도 모르고 눈사람 만들던 기억이 난다. 자꾸만 너의 체온에 녹았다가 얼고 그렇게 더욱 단단해지던 얼음. 둥근 몸에 얹은 둥근 얼굴. 가만 둥글어지던 것들. 모닥불 없이도 따뜻했던 새벽. 눈사람답지 않은 눈사람의 생경한 표정.

너는 무슨 마음으로 나를 만들었을까.

세상의 모든 밤은 다시 온다. 밤은 지난 장면을 되새기게 한다. 밝거나 어둡거나. 춥거나 덥거나. 혼자거나 혼자가 아니거나.
네가 떠오르곤 한다.

이 겨울에 없는 너와 눈 쌓인 거리를 걷는다. 나뭇가지에서 탈탈 먼지 같은 게 쏟아진다. 뒤에 찍힌 발자국들 위에 새로 눈이 덮여 처음의 거리가 된다. 제설함 옆에 누가 굴리다 만 눈덩이가 있다.
저기 흰토끼 좀 봐. 흰토끼가 아닌 걸 알면서 너를 놀리고 싶은 것이다. 정말 흰토끼라면 얼마나 좋을까. 갑자기 뛰어서 눈밭으로 사라진다면. 궁금해지겠지. 너는 흰토끼를 처음 본 것도 아니면서 흰토

끼에 대해 신비롭게 생각할 것이다. 그러면 너는 이 겨울을 잊어도 흰토끼만은 잊지 못할 것이고,

네가 혼자가 아니었다는 사실을 알게 될 것이다.

지난겨울에는 이야기할 수 없는 이야기가 있었다.

잘 지내고 있습니다. 눈 속으로 걸어 들어가며 말해본다. 나의 이야기에 네가 자주 나오는 것은 유별난 감정이 있기 때문이 아니다. 네가 없으니까, 네가 없으므로 이제야 말할 수 있는 게 있다.

그 겨울의 긴 시간을 함께 견뎌냈다는 게 좋았다.

"세상의 모든 아침은 다시 오지 않는다." Pascal
Quignard

오르골이 있는 객실

온다는 사람은 아직 오지 않았다

홍차를 마시며 온갖 차의 역사를 떠들어대는 대리인만이 있을 뿐이다 어울려줄 수 없으므로 눈을 돌리는데 책장에 책보다 많은

장식품들이 진열되어 있다

온도를 조금 높일까요

대리인은 멋대로 바닥을 뜨겁게 한다

벽난로는 인테리어에 불과하다 온다는 사람은 올 기미가 없다 소리를 들어보지 못한 저 오르골은 회전목마 모양이다

태엽을 감지 않으면 오르골의 소리를 들을 수가 없다 온다는 사람은 머지않아 온다고 한다 나는 왜 이런 기다림을

지속하고 있는 걸까 온도는 어떻게 조절할 수 있는 것일까

온다는 사람이 왔다 가도 이곳에서 하룻밤을 더 보낼 것이다

유리성벽

유리는 기다린다. 종말이 어제도 오지 않았다. 무작위의 이야기들을 흘려넘긴 지도 벌써 몇 해인가. 지루하다.

유리는 말이 없다. 속내를 드러내지 않으려 하나 언제나 쉽게 들킨다. 투명하므로, 누구나 의지하지만 아무도 믿지는 않는다. 가깝고도 불편하게 여긴다. 유리를 통해 비밀은 소문이 된다.

마음이 가장 먼저 무너져내린 인간이 제일 높은 곳에 서 있다.

유리는 사이에 껴 있다. 왕국과 제국 사이에. 겨울과 가을 사이에. 어디에든 다만 등을 돌리고 있다. 뒷면으로만 있다. 유리는 믿을 수 없는 화자 같은 것.

　낯선 자들이 온다.

　유리는 본다. 오늘날 둘러싸고 있는 세계를. 유
리는 본다. 이쪽의 적과 저쪽의 적을. 유리는 본다.

　인간과 인간 사이의 벽이 하나가 아님을.

　유리의 내면에 금이 간다. 그것은 미아의 지문,
침략자의 돌, 방랑자의 기침, 세월의 무게, 여운이
긴 불볕더위 때문은 아니다.

　유리는 깨지기를 바란다. 수천만, 수천, 만, 수천
만 조각으로. 그 모든 게 자신이지만 그 무엇도 자

신이 아니도록. 파편이 되어 거리를 알알이 빛나게 하리라. 빛나는 거리를 걷는 자들은 너 나 할 것 없이 고통받을지어다.

적과
적이
사이에 유리를 두고

너무 많은 알파벳을 줍고 있다.

조율사

시월에 선생님의 약속과 그의 약속이 겹치게 되
었습니다

하필이면 둘 모두 점심을 먹기로 한 것입니다

두 약속을 하나의 약속으로
합칠 수는 없고

선생님에 대한 고마움이나 그에 대한 미안함
어느 쪽도 가볍게 여긴 적이 없습니다

늦저녁까지 수차례의 소나기가 예보되어 있습니
다
비가 오지 않는 것보다 높은 확률로
비가 온다고 합니다

나는 선생님과 그를 동시에 떠올리며
단정한 옷을 꺼내 입습니다
검고, 하얗게요

여의도로 가는 버스 안에서
보이는 풍경은 세계 모든 도시의 이미지입니다

밥을 먹고 헤어질 사이
그건
누구라도 마찬가지겠지만

이번만큼은 그는 우리의 만남을 미루지 않겠다
고 했습니다 중요한 이야기가 있다네요 무슨 의미
의 중요함인지 짐작하기가 어렵지만은 않지만

여의도공원을 지나쳐 나는 아직도 여의도로 가고 있습니다

선생님 역시 나를 여의도에서 기다리고 있을 겁니다

「죄송합니다. 오늘 아침부터 몸이 좋지 않아서 (……)

나갈 수가 없겠어요. 참아보려고 했는데
,

안 될 것 같아요. (……)미리 말씀드리지 못해서 죄송합니다.」

이렇게 송신하고

오거리에서 하차 벨이 울리는 것을 듣고 있습니
다

백百

당근이 든 조각 케이크를 두 개의 포크로 갈라
먹는 기분

피아니스트의 손가락 강약 조절은 이보다는 무
르고 세밀할 텐데

일회용 칼과 포크로 당근 파편을 알알이 빼내는
마음

백열전구 빛에 흰 접시가 환합니다

조각 케이크가 반으로 조각나고 다시 반으로

조각나고

입가에 생크림이 번들거립니다

삼십 초 단위로 메시지를 확인하면서

떨어뜨린 포크를 주워봅니다

당근이 아니라고 하면 당근을 안 먹는 당신도 당근 케이크는 잘 먹지 않을까

당근의 맛을 당근이라고 의심하지는 않을 겁니다

포크는 두 개

케이크는 스물한 조각

백열전구는 빛이 꺼진 뒤에도 뜨거우니 만지면
안 됩니다

　일일 확진자가 늘어나는 추세라고 합니다

　작아지는 기분은 파티시에와도 나눌 수 있습니
다

IN SEOUL

공연이 끝났으므로 무대는 철거되기로 한다 쓰
레기를 먼저 줍지는 않고 무거운 장비를 들고 임시
계단으로

내려온다 아티스트는 이미 현장을 떠났다 끝없
는 관객 또한 음악 안에서

공연장 밖으로 나가는 동안에도 음악을 빠져나
가지는 못한 표정으로

흩어져갔다 우리의 일은
음악다운 음악 다음에 있다
조명을 일제히 꺼서는 안 된다 무대를 비추는 일
부의 빛으로 공중을 쓸어야 한다 합판을 옮기고 못
을 빼고 대부분을 해체하고 이런 게

무대를 이루고 있었다는 걸 체감하면서

우리는 현장에 머무른다 우리 중에 가장 나이 많은 친구가
이야기에 음을 붙이고 있다

무대의 주인공이 없어도 무대는 무대처럼 남아 있다

무대는 빈터가 되어간다 빈터는 공원 안에 포함되어 있다 공원은 도시림을 이루는 한 부분이다
우리는 멜로디를 흥얼거리며
남은 먼지를 쓴다

무대는 없다

주위 먹을 게 없는데 비둘기 몇 마리 돌아다니며
바닥을 쪼고 있다

악천후

이런 게 세상이라고 말해준 친구가 있었습니다. 믿거나 말거나 보이는 대로가 틀림없다고요.

행인들은 어디론가 가고 있습니다.

그림자들, 그들의 행동을 행인들이 모방합니다. 휘청이는 일, 헤매는 일, 웅크리는 일 등은 온전히 그림자의 잘못입니다. 나는 보았습니다. 그림자의 팔과 다른 그림자의 팔이 포개지고 반 박자 늦게 사람끼리 기대는 것을요.

친구는 이런 것도 세상이라고 했습니다.

그렇게 얘기할 때 친구의 눈은 내 눈이 아닌 자신의 발밑을 향하고 있었습니다.

복도식 아파트의 3층에는 몽유병자가 없어도 불

이 들어옵니다. 긴 복도에 이가 빠진 것마냥 불규칙적으로 환합니다. 무엇이 있을까요.

3층이 3층 높이가 되기 전부터 거기에 머물러 있던 유령이 있습니다.

간혹 나는 번갈아 발을 내딛는 법을 까먹곤 합니다.

남들처럼 하면 된다는데, 남들만큼 하기 버겁습니다. 친구는 내가 그럴 만한 나이라는데, 조숙한 아이라기보단 모자란 어른이 된 기분입니다.

매일 같은 골목에서 마주치는 영혼이 있습니다. 매일 같은 골목에서. 그도 나처럼 생각하겠지요.

매일 이 골목을 지나가는 영혼이 있습니다.

이렇게요.

이런 것도 세상이라면
잘 지낼 수 있을 것 같습니다.

춘하추동과 별개로 내게는 담요처럼 덮을 말들
이 필요합니다. 인사치레라도 좋아요. 따뜻함이 담
겨 있지 않아도 괜찮습니다.

이런 것도 세상이니까
사람답지 않아도 되잖아요.

친애하는 나의 반쪽, 별일 없습니까.
타인의 유머가 쏟아지기도 전에 웃음을 터트리
고 누군가의 눈빛이 닿지 않아도 주머니 속의 손이
반응하는 사람이 나는 되었습니다.

이런 게 세상이 아닐 수는 없겠네요.

그렇지요.

지구의 어느 섬만 해도 몇 생애를 걸고 돌아보아
도 다 알 수 없을 만큼 넓을 테니 말이에요.

PIN

050

아주 오래된 대화

구현우

에세이

아주 오래된 대화

밤과 노랑

그 시절에는 운동장에서 오후 내내 질릴 만큼 놀곤 했습니다. 정글짐을 타고 공을 차고 온갖 흙을 묻히는 놀이가 일상다반사였습니다. 이웃에 사는 또래들이 대부분이었는데 처음 본 아이가 언제나 한둘은 껴 있었습니다. 초면에도 금세 함께 어울렸습니다. 아무리 뛰어다녀도 딱히 힘이 들지는 않았습니다. 그때니까 가능한 일이었을 거예요. 휴대폰

이 없었으니 엄마가 실시간으로 들어오라 재촉하지는 않았으나 노을이 지며 가로등에 흰빛이 들어오는 순간은 온 풍경이 집에 들어가야 할 때라고 말해주는 듯했습니다.

저녁을 먹고 나만의 작은 방에 들어오면 하루 중 가장 신이 났습니다. 아이들과 노는 게 별로였냐고요. 혼자가 좋았냐고요. 아뇨. 조금 다르게 표현해야 할 것 같아요. 혼자가 아닌 것처럼 혼자 있는 게 좋았습니다. 무엇을 하고 놀았냐면요. 어제는 찰흙. 오늘은 레고. 내일은 아마도 다시 찰흙. 이런 것들을 가지고 놀았습니다. 놀이의 소재는 상관없었습니다. 스탠드 불빛 아래에서 나는 두 손을 부딪쳤습니다. 손이 짝이 맞지 않았더라면 아무 재미도 없었을 겁니다. 그저 손이 두 개라서 외롭지 않았습니다.

레고나 찰흙으로 인간이나 로봇 비슷한 형체를 만들었습니다. 한 손에 나의 적이 있다면 반대 손에는 나의 편이 있는 방식이었습니다. 반드시 싸워야 했기 때문에 두 손이 같은 편이 될 수는 없었습니다. 나는 언제나 선한 쪽에 있고 싶었습니다. 악의 무리는 기꺼이 다른 손이 맡아주었습니다. 스토리는 상상과 흐름에 맞춰 이어졌습니다. 무성영화가 아니므로 나는 선한 역할과 악역의 목소리를 번갈아 냈습니다. 입 밖으로 냈습니다. 단언하건대 악역을 맡아 반대 손을 움직이는 나는 결코 내가 아니었습니다. 몰래 나와 대화를 주고받을 수 있는 아주 가까운 그런 존재였습니다. 좁고 방음이 잘 안 되는 집에서 가족들은 내가 뭘 하고 있는지 궁금했을 겁니다. 살며시 문이라도 열어 뒷모습이라도 봤다면 일인극을 한다고 여기지 않았을까요. 확실히 짚어두겠습니다. 가족 눈에는 내가 방에 혼자 있었겠지만 나는 분명 한 아이의 몸으로 이인극을 하고 있었습니다.

어쩌면 둘도 없는 친구란 그런 것일 수도 있겠지요. 생애 처음으로 가장 내밀한 놀이를 나눌 수 있는 아이를 만났던 셈입니다. 그 아이와의 인연은 그 시기가 지나면 끊어질 거라 생각했습니다. 하나 그 아이는, 나의 입가와 귓가에서 말을 주고받던 그 아이는, 방을 옮겨 새로운 방에 갔을 때도 한 시절을

마무리할 때도 내 방에서 나를 기다리고 있었습니다. 사춘기가 오기 전에 이미 방문을 걸어 잠근 것은 그 때문이었습니다.

피아노와 숨바꼭질

거대한 피아노가 있는 반 친구 집에 갔습니다. 피아노는 방 하나를 완전히 차지하고 있을 만큼 컸습니다. 피아노가 있는 방에는 정말이지 피아노 말고는 아무것도 없었습니다. 피아노를 배우던 그 친구가 간단하게 몇 곡을 연주해주기는 했지만 금방 피아노 건반이 우리에게 그리 자극적이거나 흥미롭지는 않게 되었습니다. 나는 아예 칠 줄을 몰랐고 그 친구도 더 할 수 있는 게 없었으니까요. 게임기도 없는데, 우리는 피아노만 있는 그 흑백의 방에서 나가지 않았습니다. 이유는 충분했어요.

그 친구와 나 모두 덩치가 작아서 펜스 바닥의 작은 틈새도 충분히 드나들 수 있었습니다. 그런 우리가 피아노 아래를 그냥 지나쳤을 리 없는 거예요.

엎드리자마자 페달이 보였고 그 옆에 넉넉한 공간이 있었어요. 모험을 시작하는 두근거림이었습니다. 왠지 여기를 들어가면 다른 세상과 연결되어 있을 것 같다는 상상. 엎드린 채로 기어서 피아노 아래로 들어갔어요. 해가 중천에 떠 있는데 피아노 밑은 어둡고 그래서 좋았어요. 비밀기지 같았으니까요. 돌아서 등을 대고 누워 피아노를 올려다봤습니다. 새까맣고 매끄러운 표면이 있었습니다. 우리가 아직 덜 자랐기 때문인지 밀리지 않는 벽 같은 표면까지 팔을 어느 정도 뻗을 수 있을 정도였고 그곳이 답답하단 느낌은 들지 않았습니다. 그 친구와 나는 숨을 죽이고 낄낄거렸어요. 거실에 있는 그 친구 부모님께 들릴까 봐요. 들키면 혼날 거라는 건 알고 있었거든요. 하지만 우리는 아직 나갈 생각이 없었습니다.

그 친구와 나는 여기에 숨으면 아무도 못 찾겠다는 생각을 동시에 했습니다. 숨바꼭질을 하면 재밌겠다고 말이죠. 그러나 둘이 동시에 피아노 아래에 있는 그 순간은, 둘 중 어느 한쪽이 술래를 하기에 두 이미 늦은 상태였습니다. 아직 우리는 놀이를 하고 싶었어요. 그래서 그 친구와 나를 제외한 또 다른 인물을 불러오기로 했습니다. 보이지 않는 아이를요. 그 친구와 나는 나란히 눈을 감았어요. 열을 센 뒤에 뜬 눈을 마주치며 속삭였어요.

"걔가 문밖에 있어. 곧 우리를 찾으러 올 거야."

"최대한 버텨보자."

어른에게 들키는 게 먼저일까, 그 아이가 찾아내는 게 먼저일까. 우리는 그 어느 쪽에도 걸리지 않고 숨어볼 요량이었습니다. 피아노 아래에서 이동할 곳이라는 게 거기서 거기지만 그래도 더 노력해봤어요. 피아노 오른쪽 구석 다리에 붙어본다든지 몸을 최대한 말아서 먼지처럼(실제로 우리는 '먼지처럼 작게' 되자고 말했습니다.) 티 안 나게 존재감을 지운다든지 하는 방식으로요. 보이지 않는 그 아이를 우리는 뭐라고 불렀을까요. 이름은 없었던 것 같습니다. 걔라고만 했던 것 같아요. 걔가 여길 알까. 걔 이상한 곳에 가 있는 거 아니야? 걔, 그 아이는 그렇게 우리와 함께 놀았습니다. 궁금한 건 친구와 내가 정말 같은 아이와 놀았느냐 하는 점이에요. 눈에 보일 만한 특징도, 목소리도, 아무것도 없는 아이였으니까요. 그런데 어떻게 동시에 숨을 멈추고 동시에 그 아이가 왔다는 걸 느낄 수 있었을까요. 친구와 내가 부른 그 아이는 친절하게도 우리 둘 모두에게 장단을 맞춰주고 있었습니다. 굳이 얘기하진 않았지만 나는 당연히 나의 작은 방에서 레고를 부딪치던 그 아이라고 단정했습니다. 오늘은 그 아이가 밖에 나와서, 나의 친구와도 어울리는 중이라고요.

친구와 내가 피아노에서 나온 것은 답답해서도 친구 부모님께 걸려서도 아니었습니다. 왜인지 모르게 우리는 나란히 감지했습니다. 그 아이가 여기를 찾았으니 숨바꼭질은 끝났다는 것을 말입니다. 이제 나가자. 그래. 우리는 피아노 밖으로 빠져나왔습니다.

여전히 나는 그 피아노의 선율은 기억하지 못하지만, 피아노 모습—특히 피아노 아래의 색과 질감은 잊지 못하고 있습니다.

맥주와 캠프파이어

대학교에 들어가니 알던 세계가 온통 낯설었습니다. 취기가 돌아 바라보는 창의 불빛들은 어쩐지 먼 일처럼 느껴졌습니다. 불빛들 속에 실은 나도 포함되어 있다는 게 왠지 와닿지 않았습니다. 스무 살의 그런 불안이나 특별함을 동기들과 자주 나누곤 했습니다.

2008년의 여름, 차가 끊길 때까지 마신 나와 열 명 남짓한 동기들은 학교 야외 음악당에 앉아서 캔 맥주를 홀짝이고 있었습니다. 택시를 탈 수 없는 건 아니었지만 어쩐지 그 돈이면 맥주를 한 캔이라도 더 사서 마시는 게 낫다는 의견이 지배적이었습니다. 내일이 없는 것도 아닌데 오늘이 지나가는 게 무척 아쉽기도 했습니다. 그때는 아무도 몰랐습니다. 여름날 밤이 그토록 춥다는 걸요. 푹푹 찌는 한여름에는 밤이 깊어도 덥기 마련이지만 그보다는 이른 계절이었고요. 여름날 새벽까지 야외에 있어본 스무 살이 얼마나 있었겠어요.

〔선선해서 좋다 → 조금 쌀쌀하지 않아? → 카디건 좀 빌려줘 → 그래 덮어 아니다 못 주겠다 진짜 춥다〕 체감온도는 이렇게 변화했습니다.

맥주도 차고 바람도 차고. 어쩔 수 없이 우리는 불을 피우기로 했습니다. 마른 것처럼 보이는 나뭇가지와 잎사귀도 주웠고 굴러다니는 택배 상자 같은 것도 주워 왔습니다. 라이터로 휴지에 불을 붙여 중심에 던져넣으니 조금씩 불길이 번졌습니다. 동기들은 누구 하나 따로 말하지 않아도 불을 가운데 두고 둘러앉았습니다. 분위기가 한껏 감성적으로 변했습니다. 무서운 이야기를 하기도 했고 진실 게임을 하기도 했습니다. 그러다 불길이 잦아들어서 장작이 될 만한 것을 모두 흩어져서 찾기 시작했습니다. 마침 눈에 띈 것은, 학교에서 교내에 발행하는 교내 신문이었습니다. 일부는 써도 괜찮겠지. 우리도 학생이니까. 불에 집어넣었습니다. 새벽을 이겨내려면 그것으론 부족할지도 모르겠다 싶었습니다. 스티로폼은 장작으로 쓸 수 있나? 타긴 타는데 유해 물질 나오지 않아? 장작이랑 다르지 않아? 지

포 기름도 좀 부을까? 아 술노 붓자. 불이 붙는 그 알코올이 아니지 않아? 도수가 낮잖아. 대학교大學校라는 이름이 어쩐지 우스워지는 순간들이었습니다. 너네 어떻게 대학을 왔니. 물론 나도 포함해서였습니다.

바보스러운 그 상황들이 싫지는 않았습니다. 지금이 아니면 이럴 수 없다는 기분도 있었고요. 타닥타닥 불씨가 튈 때마다 불씨 너머의 창문이 오버랩되었습니다. 우리도 오늘 집에 들어가지 않았을 뿐, 어디선가는 불을 켤 테니까요. 사소하지만 큰 일탈처럼 다가왔습니다. 불을 둘러싸고 앉아 결속력 같은 것도 생긴 듯했습니다. 아직 어색하지만 내일이면 더 친해질 수 있을 것 같은 동기도 있었습니다. 설령 상황이 가져다주는 용기라고 할지라도 나쁘지 않다고 생각했습니다.

아침 해가 뜰 때까지 꺼지지 않는 불씨를 바라보고 있었습니다. 탄산이 빠지고 썩 차갑지 않은 맥주를 마저 홀짝였습니다. 이제 흩어져서 가야지. 각자 집으로 돌아가야지. 취기가 남은 우리는 불길을 다

꺼뜨리고 가기 위해 모래를 덮었습니다. 문제는 밤새 검은 재가 너무도 많이 나와 흙으로 덮일 정도가 아니었다는 것입니다. 역시 어떻게 대학에 온 건지 모를 아이들답게, 단순했습니다. 재와 모래가 섞이도록 조금 더 곳곳에 퍼트리자. 우리는 학교 운동장 곳곳에 재가 모래 먼지에 스며들도록 했습니다. 그렇게 하면 더 많은 부분이 검게 될 뿐이라는 걸, 정말 아무도 몰랐을까요. 모래를 들어 연신 모래를 덮는 동기들을 보며 근묵자흑이라는 사자성어가 떠올랐습니다.

다음 날부터 한동안 학교에는 불조심 포스터가 붙어 있었습니다.

실루엣과 노랑

늦게 귀가한 날 아무도 없는 집 현관을 열면 펼쳐지는 어둠은 늘 무섭습니다. 어둠 속에 무언가 누군가 있을 것만 같고요. 상상이 깊어지곤 합니다.

그럴 때 괜히 어둠을 향해 "있는 거 다 알아. 나와."

말을 던져보곤 합니다. 우스갯소리 같겠지만, 어느 날은 정말 대답이 들려왔습니다. 그냥 "……야" 한 마디를 던져봤을 뿐인데 말입니다. 묘한 건 어둠의 볼륨이 미묘하게 가구마다 휘어지는 사이 딱 인간만 한 실루엣이 그려져 있었다는 것입니다. 나와 비슷한 몸집을 지닌 실루엣이요.

겁에 질린 나는 더 다가가진 못하고 실루엣을 응시했습니다. 움직이는지 움직이지 않는지를 확인하고자 했습니다. 움직이지 않는다면 내 착각일 것이고 움직인다고 해도, 외부 그림자의 겹침으로 인한 환영일 것입니다. 실루엣은 별다른 미동이 없었습니다. 촛불에 흔들리듯이 일렁이는 부분은 있었지만요. 공포가 되기 전에 형광등을 켰습니다. 실루엣이 있던 자리는 허공에 불과했습니다. 창밖에서 쏟아진 것이구나. 그렇게 여기곤 넘겼습니다.

수년 후 잠시 찾아온 병으로 침대에서 시간을 보내던 중에 나는 실루엣을 다시 보았습니다. 실루엣은 침대 옆에 나란히 누워 있었습니다. 그는 나보다 야위어 있었습니다. 그는 아무런 말도 하지 않고 내

내 나와 같은 자세로 누워 있기만 했습니다. 그때 나는 혼잣말을 했습니다. 실루엣을 향해서 한 것은 아니었습니다. 역시나 실루엣은 아무 반응이 없었습니다. 나는 그것이 차라리 편했습니다. 요즘 사람들과 연락을 잘 안 하게 됐어. 약속도 거의 안 잡아. 실루엣에게 향하지는 않았지만 실루엣에게만 들리도록 말했습니다. 그 반응 없음이 좋았습니다. 나는 그와 더 친해지지는 못할 것임을 알았습니다. 그러나 그 관계가, 실루엣의 고요한 자세가, 내게는 더없이 편했습니다.

나타났을 때처럼 그는 말도 없이 떠났습니다. 머리맡 조명을 조금 더 아늑한 색으로 바꾼 날부터였습니다. 그는 내 말에 대답을 해주지도 맛있는 것을 같이 먹어주지도 않았습니다. 그는 내가 가장 슬플 때 울도록 두었습니다. 기쁠 때도 웃도록 두었습니다. 그 점이 좋았습니다. 내게 동조하지 않는 나만의 실루엣이 마음에 들었습니다. 그는 아마 언제나 나와 가장 가까운 곳에서, 나를 좋아하지도 미워하지도 않으면서, 내 곁에 있을 것입니다.

버리기 전에 잃어버리는

지은이 구현우
펴낸이 김영정

초판 1쇄 펴낸날 2024년 2월 25일
초판 3쇄 펴낸날 2024년 12월 31일

펴낸곳 (주)현대문학
등록번호 제1-452호
주소 06532 서울시 서초구 신반포로 321(잠원동, 미래엔)
전화 02-2017-0280
팩스 02-516-5433
홈페이지 www.hdmh.co.kr

ISBN 979-11-6790-246-7 (04810)
ISBN 979-11-6790-228-3 (세트)

* 책값은 뒤표지에 있습니다.

현대문학 핀 시리즈 시인선